DU

PRURIGO,

PAR

LÉON MOYSANT,

Docteur en Médecine de la Faculté de Paris,
Interne en Médecine et en Chirurgie des Hôpitaux de Paris,
ancien Interne de l'Hôpital civil et militaire de Tours,
Prosecteur et Lauréat (Médaille d'Or, 1er Prix, 1850) de l'École préparatoire de Médecine de Tours,
Médailles de Bronze des Hôpitaux (Externat, 1853, Internat, 1857),
Médailles du Gouvernement (Choléra, 1849 et 1854),
Élève de l'École Pratique,
Membre de la Société Anatomique de Paris,
de la Société zoologique d'Acclimatation, et de la Société Botanique de France.

PARIS.

RIGNOUX, IMPRIMEUR DE LA FACULTÉ DE MÉDECINE,
rue Monsieur-le-Prince, 31.

1858

DU PRURIGO.

DU

PRURIGO,

PAR

Léon MOYSANT,

Docteur en Médecine de la Faculté de Paris,
Interne en Médecine et en Chirurgie des Hôpitaux de Paris,
ancien Interne de l'Hôpital civil et militaire de Tours,
Prosecteur et Lauréat (Médaille d'Or, 1er Prix, 1850) de l'École préparatoire de Médecine de Tours,
Médailles de Bronze des Hôpitaux (Externat, 1853, Internat, 1857),
Médailles du Gouvernement (Choléra, 1849 et 1854),
Élève de l'École Pratique,
Membre de la Société Anatomique de Paris,
de la Société zoologique d'Acclimatation, et de la Société Botanique de France.

PARIS.

RIGNOUX, IMPRIMEUR DE LA FACULTÉ DE MÉDECINE,
rue Monsieur-le-Prince, 31.

1858

DU PRURIGO.

I.

Je me propose, dans ce travail, de faire l'histoire du prurigo ; j'insisterai particulièrement sur l'interprétation qu'il faut donner à l'éruption papuleuse et sur l'étiologie de l'affection. C'est mon excellent et savant maître M. Hardy qui m'a inspiré la première pensée de cette étude, c'est dans ses leçons et dans ses judicieuses observations que j'en ai puisé tous les éléments; par conséquent, si elle peut avoir quelque valeur, c'est à lui seul qu'en revient tout le mérite, et les défauts qu'elle présente sont dus à une reproduction infidèle de ses idées et aux additions qui me sont personnelles.

Grâce aux recherches délicates des micrographes modernes, et aux patientes investigations de M. le professeur Cruveilhier et de M. le Dr Sappey, l'étude de l'anatomie est arrivée à un degré de perfection inconnue à nos devanciers, et nous possédons sur la peau surtout des notions assez étendues et assez exactes.

Nous savons que cette membrane est composée d'éléments aussi nombreux et aussi variés que les autres organes. De tous ces éléments, celui qui m'importe le plus de connaître, pour le sujet que je vais traiter, est le derme. Le derme ou chorion est la partie la plus dense, la plus résistante et la plus épaisse de la peau ; il en est en quelque sorte la charpente. Sa structure est fibreuse, et il est formé de fibres qui s'entre-croisent à angle aigu, dans tous les sens et de manière à constituer une trame plus serrée à sa face superficielle qu'à sa face profonde. La surface externe est hérissée d'une foule de petites éminences, qui ne sont que des prolongements de cette surface et qu'on appelle des *papilles nerveuses*.

C'est l'ensemble de ces papilles qui forme le corps papillaire, dont l'étude intéresse plus particulièrement le physiologiste et le pathologiste. La papille est un organe essentiellement nerveux ; à son sommet et à sa surface, viennent s'épanouir en filets innombrables les extrémités de tous les nerfs de sensibilité. Outre les dernières ramifications nerveuses, nous trouvons dans la papille des capillaires artériels et veineux, qui s'anastomosent de mille manières autour des filets nerveux. Au point de vue physiologique, le corps papillaire constitue la partie la plus utile, la plus essentielle, du tégument externe. Presque tous les autres éléments sont, pour ainsi dire, disposés par rapport à lui, afin de faciliter et d'assurer l'accomplissement régulier de ses fonctions. Les papilles sont plus développées et d'une structure plus délicate dans l'homme que dans les animaux, parce que, chez le premier, le sens du toucher est destiné à acquérir un degré de perfection et de finesse dont ces derniers sont privés. C'est en effet par cette partie privilégiée de la peau que cette membrane sympathise avec le foyer des affections morales, c'est souvent par elle que l'âme communique avec le monde extérieur, et qu'elle y puise les sensations les plus exactes, les plus positives. Ce rôle lui fut constamment reconnu dans les plus anciennes écoles. Il y a environ deux siècles, l'immortelle Oliva Sabuco, employant, la première je crois, une comparaison très-ingénieuse, reproduite bien des fois depuis, disait que le système nerveux ressemblait à un arbre renversé dont la racine serait dirigée vers le ciel et dont les ramifications viendraient s'épanouir en feuillages sur la périphérie de l'être vivant, et constitueraient cette nappe de papilles sensibles, constamment ouvertes à toutes les impressions.

Il est facile maintenant de comprendre le rôle important que la papille doit jouer dans les maladies cutanées, que celles-ci aient pour siége la papille elle-même ou bien les couches plus superficielles du tégument, et qu'elles viennent les irriter soit en les mettant à nu, soit en les excitant par un produit de sécrétion morbide.

II.

Hippocrate et la plupart des anciens auteurs désignaient sous la dénomination commune de *pruritus,* prurit, toute affection caractérisée par des démangeaisons soit seules, soit accompagnées d'une éruption quelconque (eczéma, gale, lichen, etc.). Il est généralement admis que cette confusion régna dans la science jusqu'à Willan, médecin anglais de la fin du siècle dernier. C'est à cet auteur et à Bateman, qui n'a fait que copier son travail, qu'on a l'habitude de faire l'honneur d'avoir le premier éclairé ce point obscur de la pathologie cutanée. Eh bien ! je ne crains pas de dire que cette priorité me semble usurpée ; plusieurs écrivains avaient, avant lui, essayé de débrouiller ce chaos et d'assigner au mot *pruritus* une valeur plus précise et plus formelle. J'ai consulté plusieurs ouvrages à ce sujet, et je dois avouer que dans quelques-uns j'ai trouvé sur le pruritus des idées aussi nettes et aussi justes que celles que nous pouvons avoir et que nous attribuons à Willan. Pour prouver ce que j'avance, je ne citerai qu'un auteur assez connu et dont tout le monde peut lire la description non équivoque qu'il nous a laissée du pruritus; c'est Mercurialis, médecin du XVIe siècle. Je suis étonné que son travail ait été si facilement oublié, et que M. Gibert soit le premier qui lui ait rendu justice dans son excellent traité des maladies de peau. Je transcris ce passage de M. Gibert : « Mercurialis, dit-il, fait remarquer avec juste raison, avant d'entreprendre l'histoire du pruritus ou prurigo, que le prurit est un phénomène qui accompagne plusieurs affections cutanées, notamment le *scabies* des Latins, le lichen, le ψωρα des Grecs; mais il ajoute que le pruritus proprement dit, κνεσμος des Grecs, ζυσμος d'Hippocrate, constitue une affection distincte, et qui diffère des autres maladies cutanées accompagnées de prurit, en ce que dans celle-ci il existe toujours à la surface des téguments quelque saillie, quelque tumeur ou quelque excoriation, tandis que dans le pruritus, on ne voit rien de tout cela. La peau conserve à peu près sa couleur naturelle, tout au plus paraît-elle hérissée de légères aspérités, sans qu'il y ait ni tumeur, ni excoration, ni même exhalation ; car, dit-il encore, comme l'a fait remarquer Avicenne, dans le pruritus, rien ne se détache de la peau, si ce n'est peut-être quelques petites parcelles furfuracées enlevées par l'action des ongles. »

Ce passage de Mercurialis ne prouve-t-il pas d'une manière évidente que le prurigo était connu avant Willan? Maintenant, si je compare ces deux auteurs, je ne trouve rien dans le second qui n'ait été dit par le premier, et même Mercurialis me paraît avoir traité la question à un point de vue plus général et d'une manière bien plus complète que Willan. L'écrivain anglais, préoccupé, en effet, de la lésion anatomique et dominé par les doctrines médicales régnantes à son époque et surtout par le besoin qu'il éprouvait d'isoler entièrement le prurigo de toute autre affection cutanée et d'en faire une maladie tout à fait distincte, n'a parlé que de quelques-unes de ses variétés, et a passé sous silence toutes celles, non moins nombreuses et non moins intéressantes, qui compliquent si souvent les autres affections de la peau. Quoi qu'il en soit, il est bien certain qu'à l'exception d'un bien petit nombre qui ont émis les mêmes opinions que lui, mais sans le citer, soit par ignorance, soit avec connaissance de cause, la plupart des auteurs qui ont écrit après Mercurialis avaient tellement oublié ses travaux, que Willan n'en fait aucune mention et qu'il se crut le premier à faire du prurigo une maladie distincte. Mais, plus heureux que son prédécesseur, il eut au moins la satisfaction de voir ses opinions acceptées par ses contemporains, et depuis elles furent définitivement admises par tous les auteurs. Alibert, dans son traité des dermatoses et dans ses éloquentes leçons à l'hôpital Saint-Louis, Biett, MM. Rayer, Gibert, Cazenave, et Devergie, dans leurs cours et dans leurs ouvrages, ont parlé aussi du prurigo comme maladie à part ; mais, excepté M. Cazenave, ils n'ont fait que reproduire les opinions du médecin anglais, sans rien y ajouter. Je dois encore citer quelques monographies publiées sur le même sujet. L'une est la thèse de de Chamberet, qui parut en 1808; travail fort incomplet du reste, qui n'est pas même à la hauteur de la science de l'époque. La seconde est un mémoire de M. Mouronval; elle date de 1820, et elle est plus importante et a plus de valeur que la précédente. Pour compléter l'historique du prurigo, j'aurais encore à mentionner quelques articles publiés dans plusieurs revues périodiques; j'y reviendrai dans le cours de ce travail.

III.

Le prurigo est généralement défini une maladie cutanée appartenant à la classe des papules, caractérisée par une éruption de petites papules, plus ou moins discrètes, faisant une légère saillie au-dessus de la peau, dont elle conserve la coloration, et accompagnée d'une démangeaison plus ou moins vive. En d'autres termes, l'éruption est le principal et le premier phénomène, c'est toute la maladie; la démangeaison n'en est que la conséquence plus ou moins immédiate, plus ou moins constante, mais d'une importance tout à fait secondaire.

Cette définition me paraît défectueuse et en opposition avec ce que démontre une observation rigoureuse des faits.

Le prurigo, c'est-à-dire l'éruption papuleuse décrite par les auteurs sous ce nom, n'est que la lésion anatomique de la démangeaison; par conséquent celle-ci précède toujours l'éruption, qui n'a lieu que plus ou moins de temps après et même peut manquer complétement, dans le prurigo sans papule, par exemple. On a donc pris l'effet pour la cause, et l'éruption papuleuse n'est qu'un phénomène de second ordre et souvent même tardif de la maladie; elle est à la démangeaison ce que la rougeur est à l'inflammation, et il serait tout aussi illogique et tout aussi contraire à la nature des choses de prendre l'éruption papuleuse comme la maladie elle-même que de considérer la rougeur comme constituant toute l'inflammation.

Pour être conséquent avec moi-même, je devrais substituer au mot *prurigo* celui de *démangeaison*; mais je préfère conserver l'ancienne dénomination, en y attachant toutefois le sens que je viens de lui donner, et laisser à d'autres plus autorisés que moi l'initiative d'une réforme qui me paraît logique et nécessaire.

Ces explications données, je vais entrer maintenant dans l'histoire de la maladie. Suivant son intensité, les auteurs reconnaissent deux variétés de prurigo, le prurigo *mitis* et le prurigo *formicans*; mais une différence de degré ne doit jamais, ce me semble, être une considération suffisante et légitime pour motiver la création de variétés dans une maladie.

Une division bien plus rationnelle et surtout plus pratique, à cause des indications thérapeutiques qui en découlent naturellement, est celle qui repose sur la nature même des causes.

Comme dans toutes les maladies, les causes des démangeaisons doivent être distinguées en causes prédisposantes et en causes déterminantes.

Les causes prédisposantes sont le tempérament nerveux; certains excès, surtout les excès alcooliques : je dois signaler aussi l'usage habituel de certaines substances irritantes et épicées; la misère, la malpropreté, l'exposition à une température élevée, les émotions morales pénibles, etc. Cependant je ferai remarquer que plusieurs de ces causes ne me paraissent pas jouer un rôle aussi important qu'on le dit généralement, et que soumises à un contrôle plus rigoureux, elles pourraient bien perdre de leur valeur.

Les causes déterminantes sont nombreuses, je n'indiquerai que les principales; d'abord un grand nombre de celles que nous venons de considérer comme causes prédisposantes peuvent s'élever au rang de causes déterminantes, lorsque leur action est assez intense et suffisamment prolongée.

Les principales causes déterminantes sont :

1° L'hyperesthésie de la peau. M. Cazenave est le premier, je crois, qui ait parlé du rôle du système nerveux dans les maladies de la peau, et d'une certaine forme de l'hyperesthésie du tégument externe comme cause de prurigo. Il a exposé ses opinions dans deux articles insérés dans les *Annales des maladies de la peau* (année 1844); plus tard elles ont été reproduites et habilement défendues par un de ses élèves les plus distingués, mon excellent ami et collègue M. le Dr Canuet, ancien interne des hôpitaux (*De l'influence du système nerveux dans les maladies cutanées,* thèse inaugurale, juillet 1855). Ces auteurs ont certainement exagéré cette influence, et l'ont fait intervenir pour une affection, le lichen, dans lequel, comme je le démontrerai plus loin, elle est au moins problématique; mais, restreinte au prurigo, elle est incontestable, et tout le monde aujourd'hui l'admet. Par conséquent toutes les influences morbides qui peuvent produire une hyperesthésie de la peau peuvent être autant de causes de démangeaisons : telles sont la suppression des règles, les émotions morales pénibles, une nourriture debilitante ou de mauvaise nature; en un mot, tout ce qui tend à troubler la nutrition et à exalter le système nerveux.

2° Dans le second ordre, nous rangerons toutes les causes, en quelque sorte mécaniques, qui agissent en irritant, pour ainsi dire, directement les papilles nerveuses. Mais je dois ajouter que l'action seule de ces causes ne suffirait pas, dans la majorité des cas, à donner naissance à la maladie; il faut qu'il vienne s'y joindre l'influence d'une disposition intérieure, d'un mauvais état général. Au premier rang, je placerai ces dépôts de crasse, résultat de la sueur, et que certaines personnes, par malpropreté et par négligence, laissent, pendant plusieurs années et même pendant toute leur vie, en contact avec la peau.

J'arrive à une des causes les plus fréquentes et les plus importantes du prurigo, la présence de *pediculi* à la surface du corps. Il n'entre point dans mon sujet de faire l'histoire naturelle de ce parasite; j'insisterai plus spécialement sur certaines conditions antihygiéniques qui semblent faciliter la naissance de la maladie pédiculaire. Les *pediculi* ne se développent pas avec la même facilité chez tous les sujets; il leur faut un terrain propice pour qu'ils puissent, une fois déposés, vivre et se multiplier. Qu'un certain nombre de ces insectes tombent sur un sujet bien sain et bien portant, on les voit presque tous périr, avant d'avoir produit une nouvelle génération. Les conditions qui conviennent le mieux à leur développement sont la vieillesse, la misère, les privations, la malpropreté, etc. Sans forcer l'analogie, on peut rapprocher sous ce rapport l'homme des animaux. Tous les vétérinaires ont fait la singulière remarque que les poux et ce qu'ils appellent la *vermine* se rencontrent surtout chez les animaux chétifs, maigres, maladifs, épuisés soit par une longue maladie, soit par une nourriture insuffisante ou malsaine; ceux au contraire qui sont forts, vigoureux, robustes et bien portants, en sont presque toujours exempts.

Cependant cette règle ne paraît pas absolue et présente quelques exceptions dans l'espèce humaine; en dehors des conditions antihygiéniques que j'ai mentionnées et qui sont les plus puissantes, il faut nécessairement admettre chez certains individus une espèce d'idiosyncrasie.

Voici ce qu'on lit dans la *Gazette médicale* du 12 mai 1838 : « Dans la séance du 15 janvier, M. Brygant a rapporté à la Société médico-chirurgicale de Londres un cas remarquable de maladie pédiculaire qui se trouve en ce moment à *Guy's hospital.* Le sujet de cette terrible maladie est une femme âgée d'une trentaine d'années, ancienne gouvernante. Toute la surface de son corps est constamment couverte de poux; l'irritation qu'elle en éprouve est telle, qu'elle s'écorche considérablement à force de se gratter, et plusieurs endroits de son corps sont en conséquence couverts de croûtes, comme dans le prurigo. A son entrée à l'hôpital, elle a été mise dans un bain chaud et ses vêtements enlevés; toutes les précautions ont été prises pour la nettoyer complétement de tous ces insectes; mais, deux heures après, son corps en était couvert de nouveau, malgré qu'elle eût été couchée dans un lit propre. On a essayé inutilement de la nettoyer de nouveau, la vermine reparaît peu d'instants après ; tous les remèdes qu'on a employés ont été inutiles. On n'a pu trouver aucun nid, à la surface du corps, contenant des œufs de ces insectes.

« Cette communication a donné lieu à quelques observations de la part d'autres membres de la Société. M. Whiting n'a jamais entendu dire que les insectes puissent naître et se perfectionner dans l'espace de deux heures, ainsi qu'on l'a avancé dans le cas précédent ; il pense qu'il y a quelque chose d'obscur sur ce sujet. Il n'a jamais rencontré d'exemples d'insectes couvrant le corps de l'homme, qui n'aient pu être complétement détruits à l'aide de fomentations avec un mélange de térébenthine et d'infusion de tabac dans des proportions convenables. M. Whiting, du reste, regarde la génération des insectes en question comme dépendant en grande partie d'un état particulier de la constitution ; du moins c'est ce qu'il a constaté chez les animaux. Ce sont précisément les animaux pauvres et maigres qui en sont infectés en général ; les gras et les bien portants en sont toujours exempts. M. Dendy considère la maladie comme une affection formidable. Il rappelle qu'un des rois d'Angleterre est mort victime de cette maladie, de même qu'une des dernières duchesses royales ; tous les moyens ont été essayés sans succès dans ce dernier cas. »

Quelques médecins ont pensé que les mêmes causes faisaient à la fois naître les poux et développer l'éruption prurigineuse, c'est-à-dire que ces deux phénomènes, au lieu d'être la conséquence l'un de l'autre, étaient le résultat simultané d'une même influence. Je ne puis admettre cette manière de voir, qui se trouve en contradiction formelle avec ce que de nombreuses observations m'ont permis de constater à l'hôpital Saint-Louis. Bien des fois en effet j'ai vu qu'il suffisait de faire disparaître les pediculi par un traitement parasiticide, pour calmer notablement et quelquefois même supprimer complétement les démangeaisons. Je le sais, et c'est sur quoi les adversaires de l'opinion que je défends s'appuient, dans certains cas le prurit persiste, et presque dans tous, la peau conserve, pendant quelque temps, ses papules prurigineuses, avec leurs petites croûtes noires, sa teinte brune, et même son épaississement, sa rudesse, et sa desquamation furfuracée ; mais cela s'explique facilement, pour peu qu'on veuille réfléchir. Sous l'influence de l'affection prurigineuse, quand la maladie est ancienne, la peau a acquis, pour ainsi dire, une habitude morbide qui persiste quelquefois très-longtemps ; elle a été profondément modifiée dans sa structure anatomique, et cette altération est longue à disparaître.

3° Le troisième ordre de causes des démangeaisons comprend toutes les altérations du sang déterminées par la présence, dans ce liquide, d'un élément étranger : matière colorante de la bile, certaines substances médicamenteuses (arsenic, etc.). Je rattacherai au même ordre de causes l'usage de certains aliments (poissons, salaisons, etc.) ou de quelques condiments excitants. Toutes ces substances introduites dans l'économie font pénétrer dans le sang certains éléments irritants, que nos moyens d'investigation actuels et que la délicatesse de nos analyses chimiques n'ont pas encore pu nous révéler, mais que les faits cliniques rendent incontestables.

4° Enfin, dans une dernière catégorie, je placerai un grand nombre de maladies de la peau : affections dartreuses, gale, urticaire, quelques formes d'herpès.

Hoffmann parle d'épidémie de prurigo très-commune chez les soldats, dans les camps, les hôpitaux et les ambulances, où tout concourt, dit-il, à propager une maladie de peau déjà existante et à augmenter son intensité. Je n'hésite pas à affirmer qu'il y a là erreur de diagnostic, parfaitement excusable du reste, en raison de l'état de la science à cette époque ; les épidémies dont parle Hoffmann et ses contemporains ne sont autre chose, à n'en point douter, que la gale.

De ce que je viens de dire, il résulte que j'admets, relativement aux causes, quatre espèces de prurigo :

1° Le prurigo dû à une hyperesthésie de la peau ;

2° Le prurigo dû à la présence sur la surface du corps de petits insectes appartenant au genre *pediculi ;*

3° Le prurigo résultant de l'introduction dans le sang de certains principes irritants;

4° Enfin le prurigo symptomatique de certaines affections de la peau : maladies dartreuses, gale, etc.

IV.

Il serait difficile de donner une description fidèle et exacte des souffrances atroces éprouvées par les malheureux qui sont atteints de démangeaisons prurigineuses. Alibert et Lorry, qui nous ont laissé des peintures si lugubres et si saisissantes, qu'on serait tenté de les considérer comme le résultat de leur imagination abusée, si on n'avait été soi-même quelquefois témoin de faits semblables, sont cependant restés au-dessous de la vérité. Je ne connais rien de plus énergique que les expressions employées par ces malades, pour dépeindre les tourments affreux qu'ils endurent. Tantôt c'est un feu dévorant qui les enveloppe et les consume, tantôt c'est la sensation d'une légion d'insectes, de fourmis par exemple, qui parcourent la surface du corps dans tous les sens (*prurigo formicans*); d'autres fois ce sont des milliers d'aiguilles brûlantes qui pénètrent dans le tégument. Il y en a qui ne parlent que d'*âcreté*, d'*ardeur de sang*, etc. *Je suis sur le gril et j'endure le martyre de saint Laurent*, disait à Alibert un célèbre ecclésiastique du commencement de ce siècle ; un militaire lui écrivait : *Je suis percé par mille hallebardes.*

Le prurit fait naître chez les malades un besoin impérieux et presque incessant de se gratter ; on les voit se lacérer et s'ensanglanter avec une espèce d'acharnement et de frénésie. Leurs ongles ne sont plus ni assez durs ni assez acérés pour se déchirer à discrétion ; ils prennent tous les corps étrangers qui se trouvent sous leurs mains, les uns une brosse très-rude, d'autres un peigne, quelques-uns même une étrille. Rien ne peut les empêcher de se livrer à cet exercice pénible. Les personnes ordinairement les plus réservées et les plus sévères pour elles-mêmes ne sont quelquefois pas arrêtées par les règles les plus élémentaires de la pudeur et des convenances. Il y a des malades qui, pour calmer leurs démangeaisons, quittent la nuit leur lit, devenu pour eux un lieu de torture, vont s'exposer tout nus à l'air ou se rouler sur le plancher de leur chambre ; Alibert cite l'exemple d'une jeune religieuse carmélite qui était dans ce cas. Le besoin de se gratter est d'autant plus pressant et d'autant plus irrésistible, que les malades en ressentent un soulagement momentané et même une espèce de jouissance. Mais, à peine ont-ils obtenu quelques minutes de répit, que la sensation morbide se réveille plus pressante que jamais, et avec elle le même besoin de se gratter. Ainsi se passent les heures destinées au repos et à la réparation des forces, et souvent même une partie des journées. « Chaque instant du jour, dit Alibert, est pour eux une angoisse déchirante, et le soir encore, ils ne rentrent dans leur lit que pour y puiser toutes les nuances de la douleur, que pour y lutter contre des insomnies accablantes. » Il en résulte, au bout d'un certain temps, d'abord une diminution, puis une perte complète de l'appétit, et des troubles de la digestion que viennent souvent aggraver encore la misère et toutes les mauvaises conditions hygiéniques ; enfin surviennent le marasme et la mort, mais hâtons-nous d'ajouter que cette terminaison fatale est heureusement très-rare.

Au milieu de ces agitations et de ces impatiences non interrompues, on a vu des individus pris de véritables accès de délire et se suicider. Alibert parle d'un malheureux jeune homme qui, désespérant de sa guérison, fut pris d'un de ces accès de folie ; il se tua en revenant de Cauterets. Il avait écrit à ses parents qu'il n'avait pu supporter plus longtemps le fardeau d'une vie si tourmentée.

La maladie n'a pas toujours la même gravité. D'abord, chez quelques sujets, elle est en quelque sorte bénigne, et constitue le prurigo *mitis;* les démangeaisons ne sont ni aussi vives ni aussi tenaces, il n'y a pas d'insomnie complète, et les malades peuvent goûter du repos. Le sommeil, il est vrai, est fréquemment interrompu, mais il suffit à réparer les forces. De plus, chez tous les malades, quelle que soit son intensité, le prurit présente des rémissions et des exacerbations qui démontrent manifestement la nature névralgique de l'affection. Comme dans les névralgies, en effet, le prurit revient souvent aux mêmes heures de la journée, particulièrement le soir et la nuit, ou bien sous l'influence de certaines causes : un changement brusque de température, la chaleur du lit, une émotion morale, le travail de la digestion, l'ingestion de certaines substances, et surtout les boissons alcooliques.

V.

Après avoir donné une description générale du prurigo, je vais parler de ses principales variétés.

1° *Prurigo pudendi*. Quelquefois le prurigo emprunte à son siége certaines particularités qui lui donnent une physionomie spéciale. La variété la plus importante à ce point de vue, la seule du reste qui mérite une mention à part, est le prurigo des parties génitales, c'est-à-dire le prurigo *pudendi*. Il appartient à cette forme de la maladie qu'on appelle prurigo sans papules ; c'est par conséquent une variété rare. Lorry, et avec lui beaucoup d'autres auteurs, l'ont confondu souvent avec l'intertrigo, ou l'eczéma, ou le lichen ; cependant, malgré cette erreur, Lorry nous a laissé de cette maladie une description fort remarquable, et comme je n'ai eu qu'une fois l'occasion d'observer cette variété, je transcris ce passage.

« Morbus ille adultos ut plurimum et primum pubertatis florem « egressos adoritur, eosque qui, caste viventes, ingenti tamen im« petu ad venerem ferrentur ; mulieres etiam, sed maturius adori« tur. Ejus ortus primo mitior est, et pruritu totus continetur. At « pruritui illi, tum in maribus, tum in fæminis, jungitur ardor in ve« nerem inexplebilis. Mores et præcepta repugnant, coercet virtus « vivax, at manus indocilis ad has partes fertur, scalpendoque ma« lum irritatur, et animus ipse in partem operis venit cum artuum

« tremore et palpitatione. Sedatur vulgo per plurimas horas malum, « tuncque omnia tranquilla apparent, at recrudescit per paroxysmos, « noctu potissimum afficiens. Sævit autem eo vehementius, quo aut « familiariter magis aut proximius cum fæminis mares, aut cum « maribus fæminæ vixerint. Nec minores accepit vires a vino, pipe- « ratis, spirituosis, acribus alimentis, potu cœffeæ, oleosorum spiri- « tuosorum, ita ut noverim viros qui nunquam similibus tentarentur « pruritibus, nisi unà ex hisce causis accesserit, quas edocti expe- « rientia vitabant sedulius. Progrediente malo, partes ad aspectum « maculosæ, maculis flavis vix supra cutem extantibus distinctæ sunt; « scrotum omnino rugosum est, ut et labia pudendorum in fæminis, « et tempore paroxysmi prorsus retractum. Erectio penis et libidinis « ardens cupido mentem incendunt. Partes illæ non eruptione li- « chembus simili afficiuntur, sed epidermis rugosa olet, et alluitur « liquore unctuoso, non lintea maculante, non digitis adhærente, « sed sensum lubrico. Increscente malo pruritus enormes fiunt, per « paroxysmos et summe violentos, et frequenter redivivos, ita ut « nec pudor, nec reverentia regum, a scalpendo divertant, et sæpe « per intervalla etiam paroxysmorum puncturæ acerrimæ acubus in- « flammatis per cutem transactis morsa similes, in clamorum adi- « gunt : hinc partes illæ rhagadibus atque fissuris manu factis un- « dique hiant. Ardor semper inest, et adquemvis levissimum incessum « exhalat humor olentissimus, fervente interea æstro veneres. »

Le prurigo de la vulve est souvent accompagné de leucorrhée et d'inflammation chronique des parties génitales, et peut même devenir une cause d'onanisme et de nymphomanie. Pendant mon internat à l'hôpital de la Pitié, j'en ai vu un exemple, dans le service de M. le Dr Marrotte, chez une jeune femme de 27 ans. Si les renseignements qu'elle m'a donnés sont bien exacts, elle avait eu, à l'âge de 17 ans, un prurigo pudendi qui avait duré plusieurs années; mais malheureusement la guérison de la maladie ne l'avait point fait renoncer aux habitudes honteuses qu'elle avait contractées sous son influence.

« Biett l'a observé chez une femme de 60 ans : il examina les parties génitales à la loupe, il n'y découvrit jamais rien. Cependant cette femme avait des pollutions fréquentes ; la maladie avait commencé par des démangeaisons, celles-ci augmentèrent et prirent le caractère de la nymphomanie. » (Cazenave et Schedel.)

Enfin je dois ajouter que le prurigo des parties génitales s'accompagne souvent du prurigo des parties voisines, surtout du prurigo *podicis*.

Il existe encore d'autres prurigo partiels, le prurigo *podicis*, le prurigo *plantaris ;* mais ils n'ont pas une importance assez grande pour mériter une description spéciale.

2° *Prurigo pedicularis*. Le principal caractère de cette maladie est la présence sur le corps d'insectes du genre pediculus ; on les rencontre surtout sur le tronc. Quelquefois il faut une certaine habitude pour les découvrir, parce qu'ils se cachent entre les plis de la chemise, où il est difficile de les voir.

Souvent les démangeaisons ne sont pas très-vives, l'éruption papuleuse est également assez discrète. Cette forme s'observe particulièrement chez les vieillards ; c'est elle surtout qui constitue le prurigo *senilis*. La facilité avec laquelle ces insectes se reproduisent, lorsque les malades se trouvent dans certaines conditions, rend quelquefois cette affection incurable, et constitue toujours un état très-pénible.

3° *Prurigo symptomatique de l'ictère*. Sauvages et beaucoup d'auteurs anciens ont signalé l'existence du prurit de l'ictère. M. de Lonjon, ancien interne des hôpitaux de Paris, parle également, dans sa remarquable thèse sur l'ictère, des démangeaisons qu'on observe quelquefois dans cette maladie. Dans ces dernières années, M. Devergie a cru devoir appeler encore l'attention sur le prurigo symptomatique d'une affection du foie (*Journal de médecine et de chirurgie pratiques*, avril 1855).

Il ne faut pas croire cependant que le prurigo existe constamment dans l'ictère; sur 14 ou 15 ictériques, je l'ai vu manquer 5 ou 6 fois. Tantôt la démangeaison précède d'un ou deux jours la teinte jaune des sclérotiques, qui est souvent, comme on le sait, le premier signe de l'ictère; tantôt le prurit se montre quelques jours après, lorsque cette teinte ictérique est à son summum d'intensité.

Les démangeaisons ne sont pas généralement très-vives ni de longue durée; l'éruption papuleuse elle-même est assez discrète.

Ne peut-on pas, dans cette forme, considérer la démangeaison comme le résultat d'une irritation mécanique, produite par la présence de certains matériaux de la bile dans le sang?

4° *Prurigo symptomatique d'une autre affection de la peau.* Dans toutes les maladies de la peau qui s'accompagnent de démangeaisons, il y a toujours une éruption papuleuse, et j'ai presque constamment remarqué que cette éruption succédait au prurit.

Les maladies cutanées qui s'accompagnent d'éruptions prurigineuses sont les dartres (eczéma, lichen, psoriasis, pityriasis), la gale, l'urticaire, et certaines variétés d'herpès. Dans tous ces cas, le siége du prurigo est naturellement celui de l'affection qu'il complique; quelquefois il s'étend un peu au delà, mais en général dans un rayon assez restreint. Le prurigo n'a pas toujours la même intensité ni la même importance. Il est peu prononcé dans quelques affections, telles que le pityriasis, le psoriasis, l'herpès; mais il existe toujours, même dans le psoriasis, quoi qu'en dise M. Devergie. La plupart des psoriasiques que j'ai interrogés m'ont tous assuré qu'ils éprouvaient ou qu'ils avaient éprouvé, à une certaine époque de leur maladie, des démangeaisons quelquefois peu intenses, il est vrai, mais incontestables. Maintenant il m'est difficile de comprendre l'assertion de M. Devergie, qui donne, comme signe caractéristique de cette affection, l'absence de démangeaisons.

Souvent les caractères de l'éruption prurigineuse se confondent avec ceux de la maladie principale et sont masqués par la sécrétion morbide à laquelle elle donne lieu. Ainsi il est quelquefois difficile de reconnaître les papules de prurigo avec leurs croûtes noires, au milieu des larges concrétions jaunes ou grises de l'eczéma et des petites lamelles sèches du lichen ; mais il est rare qu'on ne parvienne pas à trouver quelques papules caractéristiques soit sur la partie malade, soit dans le voisinage. Dans quelques cas d'urticaire, au contraire, on ne peut constater que l'affection prurigineuse. J'ai observé, à la consultation de l'hôpital Saint-Louis, deux faits fort remarquables sous ce rapport. Dans l'un il s'agissait d'un homme d'environ 35 ans, que nous avions déjà eu dans notre service, quelques mois avant. Il était atteint d'un urticaire depuis un an ; après avoir été guéri une première fois, sous l'influence des mêmes causes et des mêmes conditions antihygiéniques, la maladie s'était reproduite. La première fois, le prurigo n'avait pas été très-marqué ; mais, lorsqu'il revint nous consulter, les démangeaisons étaient excessivement intenses, et l'éruption papuleuse tellement prononcée que les caractères de l'urticaire étaient à peine apparents ; de sorte que si nous n'avions pas été prévenus et que nous eussions examiné le malade un peu superficiellement, nous l'aurions certainement cru atteint d'un simple prurigo ordinaire et nous aurions pu méconnaître la maladie principale. On comprend les dangers d'une pareille erreur et les conséquences fâcheuses qui auraient pu en résulter pour le traitement.

Dans la gale, le prurigo est constant ; de plus, il a une valeur diagnostique qu'il ne présente point dans les autres maladies cutanées, et qu'il emprunte à sa localisation dans certaines régions.

Le prurigo de l'interstice et des faces latérales des doigts, du poignet et de l'avant-bras, est une chose trop connue pour qu'il soit nécessaire d'y insister ; il suffit d'avoir vu un galeux une seule fois dans sa vie, pour en comprendre la signification et l'importance. Mais la gale ne débute pas toujours par les doigts. Il y a un autre mode de communication, signalé surtout par M. le Dr Piogey, et qui, au premier abord, pourrait paraître insolite, et cependant est très-commun, c'est la contagion par le bas-ventre et les parties génitales. Dans ce mode d'invasion de la gale, le prurigo a encore une valeur très-grande, sur laquelle M. Hardy, le premier, a appelé l'attention. Le prurigo limité au bas-ventre et aux parties génitales chez l'homme et au sein chez la femme est, en dehors de tout autre signe, sinon une certitude de gale, au moins une grande présomption en faveur de cette maladie. Ce moyen de diagnostic est très-précieux et peut rendre de très-grands services dans quelques cas douteux. Tout le monde sait qu'un des principaux caractères des syphilides est l'absence complète de prurit; cependant il n'est pas rare de voir des malades atteints de syphilide et accuser en même temps des démangeaisons, c'est lorsqu'il y a chez le même sujet une syphilide et la gale. Un médecin qui ignorerait cette particularité pourrait donc, au premier abord, hésiter sur la nature de la maladie ou croire à une exception à la règle que je viens d'exposer, et que je regarde comme absolue. Mais si, avant de porter un jugement, on examine les régions que je viens d'indiquer, presque toujours on y trouvera des papules de prurigo, et si on ne peut constater en même temps la présence de l'acarus ou de son sillon, il est probable que l'époque de la contagion est trop récente pour que l'insecte ait eu le temps de trouver un lieu convenable et d'y creuser son gîte. En effet, il est rare qu'au bout de quelques jours, on ne voie pas apparaître le sillon de l'acarus, signe irrécusable de la présence de ce parasite. Je dois ajouter que les papules du prurigo symptomatique de la gale, surtout chez l'homme, lorsqu'elles se développent sur le pénis, a des caractères spéciaux; il n'y a ordinairement qu'une ou deux papules siégeant sur le prépuce; elles sont très-volumineuses et recouvertes d'une croûte noire; il n'est pas rare d'y voir un sillon, qui du reste peut être masqué par les croûtes: c'est une remarque que j'ai eu l'occasion de faire bien des fois l'année dernière.

De toutes les observations que j'ai recueillies relativement au sujet qui m'occupe, la suivante me paraît présenter le plus d'intérêt comme difficulté de diagnostic. Au mois d'août 1857, un jeune homme de 26 à 27 ans vint à la consultation de Saint-Louis; il offrait sur la poitrine une éruption érythémateuse qui, par sa forme, sa couleur et sa disposition, nous semblait de nature syphilitique. Cependant, quoiqu'il n'existât pas de sillon, il y avait en même temps des papules de prurigo sur le bas-ventre, et il se plaignait de démangeaisons très-vives. D'un autre côté, ce malade avait eu une blennorrhagie, dont il conservait encore quelques traces; il présentait plusieurs érosions superficielles du prépuce, mais sans aucune apparence d'induration; les orifices naturels et la gorge étaient parfaitement sains; comme phénomène concomitant, on ne trouvait que l'engorgement d'un ganglion cervical. Nous n'avions par conséquent aucun indice certain qui pût nous faire supposer l'existence antérieure d'un chancre infectant, le diagnostic était donc au moins douteux, et il était permis d'hésiter entre une éruption légitime et une syphilide compliquée de gale; cependant la présence d'une grosse papule de prurigo sur le prépuce nous fit pencher vers cette dernière supposition. Le malade entra à l'hôpital, et il resta quelques jours sans traitement. Bientôt on vit apparaître des sillons caractéristiques; en même temps, d'autres accidents syphilitiques s'étant manifestés changèrent en certitude les probabilités que nous avions émises, le premier jour, sur la coïncidence d'une syphilide avec la gale.

VI.

La lésion anatomique de la démangeaison, ai-je dit, est l'éruption papuleuse. Cette éruption n'a pas toujours le même caractère ni la même intensité; nous savons déjà que dans le prurigo sans papules elle manque complétement; c'est une forme rare, mais dont l'existence est incontestable. Elle fut signalée par Mercurialis et quelques auteurs de son temps; bientôt elle tomba dans l'oubli, jusqu'à l'époque où Alibert l'indiqua de nouveau, mais d'une manière un peu vague. L'année dernière j'en ai vu deux cas fort remarquables à l'hôpital Saint-Louis, dans le service de M. Cazenave. Les deux malades étaient deux jeunes filles, dont l'une, mal réglée, présentait des symptômes de chlorose. C'est ici que la nature névralgique se montre dans toute son évidence ; mais, comme le fait remarquer avec beaucoup de raison M. le Dr Canuet, cette absence d'éruption ne rend pas les souffrances moins vives ni la guérison plus facile à obtenir. Dans cette forme, les démangeaisons sont quelquefois d'une intensité inouïe.

L'éruption existe dans la majorité des cas. Tantôt les papules sont disséminées sur une étendue plus ou moins considérable de la surface du corps (prurigo ictérique), tantôt au contraire elles sont confluentes et rapprochées les unes des autres. Ces papules ne sont autre chose que les papilles nerveuses tuméfiées ; elles constituent des éminences acuminées très-petites et très-peu saillantes au-dessus du niveau de la peau, dont elles conservent la coloration. Quelquefois, lorsqu'elles sont très-nombreuses et très-rapprochées, elles donnent au doigt promené à la surface du tégument la même sensation qu'une peau de chagrin. Lorsque les malades se grattent, un certain nombre de ces papules s'excorient et se couvrent de croûtes noires, qui ne sont autre chose que des gouttelettes de sang coagulé. A côté de ces croûtes, existent des traînées également noirâtres qu'on appelle *galons*, et qui résultent aussi d'égratignures produites par le grattage.

L'éruption papuleuse est consécutive au prurit, mais l'époque de son apparition est très-variable et ne paraît nullement subordonnée à l'intensité de la démangeaison. Il n'est pas toujours possible de constater la présence de ces papules intactes, car leur existence est quelquefois éphémère.

Si maintenant nous voulons nous expliquer la différence d'intensité de l'éruption et même son absence dans certains cas (prurigo sans papules), il ne faut pas la chercher dans le degré du prurit, mais plutôt dans les variétés de structure de la peau, surtout dans la différence de tempérament et dans la prédominance de tel ou tel élément de la papille nerveuse. Ainsi, chez les sujets à tempérament lymphatique, à peau blanche, fine et délicate, l'éruption papuleuse est toujours moins intense et les papules sont moins développées que chez les sujets à peau rude, à papilles naturellement saillantes, et chez lesquels l'élément sanguin ou nerveux prédomine.

Chez les individus atteints de prurigo, lorsque la maladie est ancienne, la peau prend souvent une teinte brune, semblable à la coloration bronzée qu'on rencontre dans la maladie d'Addisson. De plus, cette membrane devient rude, épaisse et squameuse; mais ces altérations disparaissent graduellement, lorsque la guérison a lieu. La teinte brune seule persiste longtemps encore, et elle présente des taches blanches qui tranchent par leur couleur avec les parties voisines.

VII.

Le diagnostic du prurigo lui-même, lorsqu'il est seul exempt de toute espèce de complication, est généralement très-facile ; mais ce qui présente plus de difficulté et a une plus grande importance pour le traitement, c'est de reconnaître la cause qui a produit la maladie : le médecin ne doit donc rien négliger pour arriver à cette connaissance, car c'est sur elle que repose presque tout le traitement.

Quant au diagnostic différentiel, que les auteurs se sont donné tant de peine d'établir, la question a presque toujours été mal posée. Il ne s'agit pas, en effet, dans un grand nombre de cas, de distinguer le prurigo de telle ou telle éruption cutanée ; il faut savoir seulement si, étant donné un sujet atteint de prurigo, cette maladie est seule et isolée, ou bien accompagnée d'une autre affection de peau dont l'éruption prurigineuse n'est alors qu'un des symptômes.

Ainsi, dans la gale, le prurigo est souvent le premier et le seul signe apparent, et, en tout cas, c'est toujours celui qui frappe le plus le malade et le médecin. Lorsqu'un sujet se présente avec un prurigo, sans trace d'une autre éruption cutanée, on doit donc s'assurer s'il n'a pas en même temps la gale. Pour cela, il faudra d'abord tenir compte du siége de l'éruption et chercher ensuite dans leur lieu d'élection les deux signes pathognomoniques, le sillon et l'acarus.

Il existe cependant deux affections qui constituent avec le prurigo toute la classe des papules, et qui peuvent être confondues avec lui : ce sont le strofulus et le lichen.

Le strofulus est une éruption du jeune âge et de l'adolescence. On l'observe souvent chez les petits enfants à l'époque de la dentition, on l'appelle vulgairement *feu de dent* ; chez les sujets plus avancés ou chez les adultes, il semble se développer fréquemment sous l'influence de mauvaises conditions d'aération. Nous l'avons rencontré bien des fois dans les grandes chaleurs de 1857, surtout chez les jeunes sujets nouvellement arrivés à Paris, et qui changeaient brusquement de genre de vie et d'habitude, et respiraient un air chaud et concentré et trop rarement renouvelé. Une particularité de cette affection est de disparaître très-rapidement par le simple éloignement des circonstances qui l'ont produite, et de revenir avec la même facilité sous l'influence des mêmes causes et des mêmes conditions. Quelquefois cette éruption dure tout l'été et s'en va d'elle-même avec les grandes chaleurs.

Les papules du strofulus sont en général très-volumineuses, rouges et aplaties ; elles siégent ordinairement à la partie supérieure du tronc. Il est inutile d'ajouter qu'elles sont toujours mélangées de papules de prurigo.

Enfin un dernier caractère différentiel, c'est que les démangeaisons ne sont jamais aussi vives ni aussi tenaces dans le strofulus que dans le prurigo.

Le lichen est, de toutes les affections de la peau, celle qui présente le plus d'analogie avec le prurigo, dont il est par conséquent le plus difficile et le plus important de le distinguer. La ressemblance entre ces deux maladies est telle que beaucoup de médecins, Alibert et d'autres, ont souvent pris pour du prurigo certaines variétés de lichen. Dans ces dernières années, MM. Cazenave et Canuet ont voulu démontrer que ces deux affections étaient dues à une hyperesthésie de la peau ; c'est beaucoup exagérer, ce me semble, l'influence du système nerveux daus la pathologie cutanée.

A mon sens, le lichen appartient à la classe des affections dartreuses, dont il a tous les caractères : dispersion sur différents points du corps, extension, chronicité, récidive facile, etc. (1).

Pour prouver ce que j'avance, je vais entrer dans des détails qui paraîtront peut-être un hors-d'œuvre, mais qui trouveront leur excuse dans les avantages que j'en tirerai, pour faire voir la différence qui existe entre les deux maladies.

Le lichen est la dartre du tempérament nerveux, c'est-à-dire qu'il affecte plus spécialement, mais non d'une manière exclusive, les sujets doués de cette constitution, comme on voit l'eczéma se développer de préférence chez les individus à tempérament lymphatique, et le psoriasis chez ceux qui ont tous les attributs d'une santé forte et robuste, et chez lesquels prédomine le système sanguin. Mais, de ce que le lichen a une prédilection pour le système nerveux, peut-on logiquement conclure que cette maladie soit de nature nerveuse ? Il est vrai que MM. Cazenave et Canuet invoquent en faveur de leur opinion d'autres raisons plus puissantes. Ainsi le lichen est très-souvent dû à une cause morale, fréquemment aussi il est accompagné d'autres troubles nerveux (gastralgie, migraine, hystérie, etc.); enfin la marche est tout à fait la même que celle des névroses.

Je ne nie nullement l'influence des causes morales sur le développement du lichen ; mais ce que je conteste, c'est cette influence à l'exclusion de toute autre cause et spéciale à cette affection. Frappé des observations citées par M. Canuet dans sa thèse inaugurale, j'ai interrogé tous les malades atteints de lichen qui se sont présentés à mon examen. J'en ai trouvé quelques-uns, il est vrai, chez lesquels la maladie semblait reconnaître pour cause une influence morale ; mais, pour la plupart, la cause était toute différente. Et,

---

(1) *Leçons sur les maladies de la peau*, par M. Hardy, publiées par M. le Dr Moysant.

pour qui a un peu étudié les maladies de la peau, il est évident que les émotions morales sont des causes d'éruptions cutanées de toute nature, dartreuse, syphilitique, etc. J'ai vu un malade qui fut pris de syphilide papuleuse parfaitement caractérisée, à la suite d'une émotion morale très-vive, et bien au delà du laps de temps qui s'écoule habituellement entre la cicatrisation du chancre infectant et l'apparition de cette forme de syphilide.

Une cause de lichen dont MM. Cazenave et Canuet ne parlent pas, quoique assez fréquente cependant, et qui vient confirmer mon opinion, c'est l'hérédité. En effet, lorsque j'ai pu obtenir des renseignements exacts de la part des malades, j'ai trouvé plusieurs fois chez les ascendants ou les collatéraux la même affection ou bien un eczéma, quelquefois même un psoriasis ou un pityriasis. Ces faits ne sont-ils pas une nouvelle preuve de la nature dartreuse du lichen et de l'étroite parenté qui existe entre cette maladie et l'eczéma et le psoriasis? et ne vient-il pas justifier le rang que M. Hardy lui donne dans sa classification?

Quant aux troubles nerveux et à leur alternance avec le lichen, ils sont beaucoup moins fréquents qu'on l'a dit, et je ne crois pas qu'ils soient plus spéciaux à cette maladie qu'aux autres affections dartreuses, l'eczéma, par exemple. Pour ma part, sans nier l'existence de ces phénomènes dans le lichen, je n'en ai jamais observé. J'en connais, au contraire, un exemple bien curieux survenu à la suite d'un eczéma chez une jeune Anglaise que j'ai vue dans le service de mon maître, M. Hardy. Cette malheureuse fille est la dernière d'une nombreuse famille dont tous les membres sont morts tuberculeux; elle fut atteinte, pour la première fois, à l'âge de 20 ans, d'un eczéma de la tête et du cou. L'affection dartreuse céda assez rapidement au traitement qui fut dirigé contre elle; mais, lorsqu'elle guérit, elle fut remplacée par une névralgie faciale atroce, revenant par accès, et à laquelle je n'ai jamais rien vu de comparable. Pendant dix-huit mois environ, cette névralgie est restée rebelle à tous les moyens; depuis quelques semaines seulement, elle semble s'être calmée par le retour de l'eczéma. Voilà certainement un exemple d'alternance entre l'eczéma et la névralgie faciale bien remarquable, et je doute que dans les observations de lichen on puisse en trouver un aussi tranché. Peut-on conclure de ce fait et de quelques autres que l'eczéma est de nature nerveuse ? Évidemment non.

Le rapprochement qu'on a voulu établir entre la marche du lichen et celle des névroses existe en réalité ; mais il ne faut pas oublier que ces affections ne présentent cette similitude qu'en leur qualité de maladies chroniques, et que ce caractère, du reste, leur est commun avec les autres dartres. Quant au retour des démangeaisons et à leurs exacerbations à certaines heures du jour ou de la nuit, ils doivent être moins attribués au lichen lui-même qu'au prurigo qui le complique constamment. En effet, la même particularité n'existe-t-elle pas dans toutes les maladies qui s'accompagnent de démangeaisons et de prurigo ?

Maintenant que conclure de cette discussion, sinon que le lichen n'est pas une affection nerveuse, que les phénomènes nerveux dont il s'accompagne quelquefois ne lui sont pas propres, et que quelques-uns sont dus à la coexistence du prurigo ? Le prurigo et le lichen sont donc deux affections tout à fait différentes. Pour démontrer d'une manière plus complète la distinction qui existe entre ces deux maladies, j'ajouterai que dans le prurigo les papilles sont disséminées et réparties inégalement sur divers points du corps, de plus elles sont plus souvent visibles et plus faciles à constater ; dans le lichen, au contraire, les papules sont agglomérées et groupées en nombre plus ou moins considérable, de manière à former des plaques de forme et d'étendue variables ; de plus l'existence de ces papules est encore plus éphémère que celle du prurigo et il est beaucoup plus difficile de les constater. Enfin, un dernier caractère du lichen et qu'on ne rencontre dans le prurigo que lorsque la maladie est très-ancienne ou a été négligée, mais jamais à un degré aussi marqué que dans le lichen, c'est l'épaississement et la rudesse de la peau.

VIII.

Le prurigo, par lui-même, n'est pas une maladie mortelle; mais, lorsqu'il se développe chez un sujet déjà affaibli par l'âge, la misère, le défaut de soin, la malpropreté, il devient une nouvelle cause d'épuisement; il en résulte pour le malade une plus grande aptitude à subir l'influence des causes morbides qui peuvent agir sur lui, et moins de force pour résister aux maladies intercurrentes.

La marche de cette affection est excessivement lente, et sa durée essentiellement chronique. Cela tient à deux circonstances tout à fait différentes : d'abord cette affection se développe souvent sous l'influence de causes dont l'action est lente et prolongée, tel est par exemple celui qui est dû à une hyperesthésie de la peau; ensuite il y a des malades qui, par une négligence et une insouciance impardonnables, restent des mois et même des années avant de consulter un médecin. En Bretagne, où la malpropreté est, pour ainsi dire, de mode, et où les soins de propreté sont une affaire de luxe, il n'est pas rare de voir des individus préférer rester, presque toute leur vie, en proie à un prurigo *pedicularis*, plutôt que de déroger à leurs vieilles habitudes. Chez quelques sujets, lorsqu'ils attendent longtemps avant de se faire traiter, il arrive quelquefois que la maladie prend pour ainsi dire droit de domicile et qu'elle reste inhérente à l'individu. Alors l'art devient impuissant; on peut bien calmer les démangeaisons et mitiger l'éruption, mais ces phénomènes ne tardent pas à reparaître avec une nouvelle intensité, malgré la continuation des moyens. Peut-être même, dans ces cas, ne serait-il pas sans danger de chercher à obtenir une guérison complète par un traitement énergique.

Cette maladie ne suit pas son évolution d'une manière continue et régulière; elle présente souvent des alternatives de rémissions et d'exacerbations qui tiennent quelquefois à des variations de dispositions morales, de régime et de température.

M. Rayer prétend que, lorsque les individus affectés de prurigo sont pris d'une maladie aiguë, l'éruption papuleuse diminue et disparaît quelquefois entièrement, pour se reproduire pendant la convalescence. J'ai fait la même remarque pour un lichen et un eczéma, mais jamais je n'ai eu l'occasion de la faire pour le prurigo.

Il est rare que cette maladie n'offre pas quelques complications; un grand nombre sont insignifiantes et ne méritent pas qu'on s'y arrête. Mais il en est une qui peut prendre un caractère sérieux, c'est une éruption furonculeuse soit sur les points malades, soit dans les aisselles; il faudra surveiller leur évolution avec beaucoup de soin.

Chez certains sujets dartreux, il y a d'abord un prurigo simple; mais bientôt, sous son influence, la diathèse, qui jusqu'alors était restée latente, se réveille, et on voit apparaître un eczéma et un lichen qui masque l'affection primitive. Ce n'est pas, à proprement parler, une véritable complication; le prurigo a joué là le rôle de cause déterminante.

Après la guérison du prurigo, la peau conserve une sensibilité plus ou moins marquée, un peu d'épaissisement et de rudesse; mais ce qui persiste le plus longtemps, c'est sa teinte brune ou grise, avec des taches blanches, vestiges des croûtes noires qui se sont détachées.

Dans le prurigo, comme dans beaucoup de maladies de peau, on a parlé de répercussion de la maladie sur un organe intérieur. Sous ce rapport, je partage complétement les idées de mon maître, M. Hardy; je ne nie point d'une manière absolue la possibilité ni même la réalité de ces métastases, mais je crois qu'on en a singulièrement exagéré le nombre. Pour être dans le vrai, il faut les restreindre à quelques faits incontestables, mais très-rares et exceptionnels. Il ne faut pas considérer comme un déplacement de la maladie ces exemples d'accès de délire et de folie dont j'ai parlé; il y a eu là seulement, sous l'influence de démangeaisons atroces, une très-grande surexcitation du système nerveux, et non un véritable déplacement de la maladie.

IX.

Je ne sache pas qu'il y ait une maladie de peau contre laquelle on ait usé d'une thérapeutique aussi variée et aussi contradictoire que celle du prurigo ; de tous les moyens habituellement employés dans les affections de la peau, il n'y en a peut-être pas un seul qui n'ait été conseillé pour cette maladie. Les médecins sceptiques ne manqueront pas de donner cette profusion de remèdes comme une preuve de l'inefficacité de tous et de l'impuissance de l'art. Pour moi, qui crois à la médecine et à la thérapeutique, j'en tire une conclusion toute différente : elle indique, à mon sens, un défaut d'appréciation des causes de la maladie et des conditions de tempérament, d'âge, etc., du sujet, et une absence de discernement dans le choix de la médication. Le traitement d'une maladie, en bonne philosophie médicale, doit toujours découler, comme une conséquence naturelle, de l'étude de ses causes, de sa forme, du tempérament, de l'âge, de l'état général, et de certaines conditions spéciales du sujet. C'est sur l'ensemble de toutes ces considérations, qu'on appelle indications thérapeutiques, que le véritable médecin doit toujours se régler pour établir un traitement rationnel ; quiconque oublie ou dédaigne ces principes fondamentaux s'expose à faire fausse route à chaque instant, et réduit l'art de guérir à un empirisme grossier et quelquefois même dangereux.

Je ne veux pas ici faire une longue et fastidieuse énumération des moyens qui peuvent être employés dans le prurigo ; pour cela il faudrait, chose impossible, prévoir tous les cas particuliers. Je me contenterai donc de donner quelques indications générales, la seule chose du reste qu'on puisse faire lorsque, dans l'histoire d'une maladie, on veut parler de son traitement ; c'est au praticien à faire l'application de ces principes et à les modifier suivant telle ou telle circonstance, que son tact et sa sagacité pourront seuls apprécier.

Les moyens employés contre les démangeaisons se divisent en

trois ordres : 1° les moyens internes, 2° les moyens externes, et 3° les moyens hygiéniques.

Les moyens hygiéniques étant à peu près les mêmes dans toutes les variétés de prurigo, j'en ferai un paragraphe spécial.

1° Lorsque les démangeaisons sont dues à une hyperesthésie de la peau, on conseille d'abord, pour calmer le prurit, les antispasmodiques et les antinévralgiques (narcotico-âcres, opiacés, etc.). Mais souvent l'hyperesthésie de la peau elle-même est sous la dépendance d'un état général ; on comprend facilement que c'est contre cet état général qu'il faut diriger ses efforts, et que c'est à lui surtout qu'il faut s'adresser, si on veut obtenir une guérison radicale : ainsi, lorsqu'il y a une anémie, on prescrit des préparations ferrugineuses et les autres toniques (préparatoires de quinquina, etc.). Nous devons mentionner surtout les préparations arsenicales, qui agissent comme modificateurs de la peau et comme antinévralgiques. On peut employer les liqueurs de Pearson et de Fowler, qui ont l'avantage de ne réveiller aucune défiance de la part du malade, et de pouvoir lui faire prendre de l'arsenic à son insu. A l'hôpital Saint-Louis, M. Hardy préfère une solution avec l'acide arsénieux ou l'arséniate de soude ; on sait mieux ce qu'on fait et on peut augmenter ou diminuer les doses plus facilement.

Comme moyens externes, on emploie des bains d'abord émollients : bains d'amidon, bains gélatineux. Pour un bain :

Gélatine........................ 500 grammes.

On augmente et on diminue la dose suivant les circonstances. Quelquefois aussi on conseille des bains alcalins :

Eau........................... 200 litres.
Carbonate de potasse........... 80 à 100 gr.

On peut les tempérer par l'addition de gélatine. Enfin, dans certains cas particuliers, on a recours aux bains sulfureux ; mais il ne faut pas oublier que cette médication est très-difficile à diriger, et qu'elle réclame de la part du médecin une grande sagacité pour son choix et une très-grande réserve dans son administration. Il est, du reste, impossible de poser des règles absolues à ce sujet.

Dans le prurigo partiel et surtout dans le prurit de la vulve, on se sert avec avantage d'une solution de sublimé; voici le mode d'administration conseillé par MM. Trousseau et Pidoux: « On prépare une solution de 10 grammes de bichlorure de mercure dans 100 grammes d'alcool; le malade en met une cuillerée à bouche dans un demi-litre (500 grammes) d'eau très-chaude, que l'on emploie pour les lotions et les injections. Nous insistons souvent sur la nécessité de prendre de l'eau très-chaude, et ce n'est pas sans motif; il est en effet remarquable que les lotions de sublimé agissent beaucoup moins efficacement lorsque l'eau est froide que lorsque la température de l'eau est très-élevée, et même il n'est pas rare de voir la médication tout à fait impuissante tant qu'on se sert d'eau froide» (1).

Enfin, dans quelques cas tout à fait spéciaux et exceptionnels, on peut se servir de certaines pommades. Le nombre des pommades qu'on a conseillées contre le prurigo est très-grand, la plupart ont une efficacité plus que douteuse; la seule qui me paraisse avoir quelque utilité est la pommade à l'onguent citrin.

Dans le prurigo *pedicularis*, l'indication est pour ainsi dire tracée d'avance: détruire le parasite. Il faut donc employer un traitement parasiticide: fumigations cinabrées (cinabre, 15 gr.), bain sulfureux alternant avec les fumigations cinabrées.

Ici les bains sulfureux n'agissent pas seulement en détruisant les pediculi, ils ont un autre effet; ils agissent comme modificateur de la peau. Ils sont bien mieux indiqués que dans la forme précédente, cependant ils exigent encore certaines précautions.

Il est rare que chez les individus atteints de prurigo *pedicularis*, il n'y ait pas à remplir une autre indication que la destruction des

(1) *Traité de thérapeutique et de matière médicale*, t. I.

poux : ordinairement ces malades sont épuisés par la misère et toutes les conditions antihygiéniques ; on devra donc, autant que possible, les soustraire à toutes ces influences morbides et opposer à l'affaiblissement général une médication tonique.

3° Lorsque le prurigo ne reconnaît pas d'autres causes qu'une alimentation mauvaise et malsaine et les excès, il est clair que la partie la plus importante du traitement consistera surtout en soins hygiéniques; mais, outre ces soins, on doit aussi recourir aux moyens externes :

Bains alcalins, bains sulfureux, quelquefois bains sulfuro-alcalins.

Eau........................	200 litres.
Sulfure de sodium............	32 grammes.
Carbonate de soude...........	32 —
Chlorure de sodium...........	16 —

Il y a des médecins, entre autres M. Rayer, qui ont conseillé la saignée générale et, lorsque le prurigo est partiel, la saignée locale. Il est bien entendu qu'ils n'emploient ce traitement que chez les sujets forts, robustes, et à tempérament sanguin. Nonobstant ces réserves, je doute que l'indication de la saignée soit assez fréquente pour être signalée. On a encore parlé des purgatifs; mais tout le monde pense que les purgatifs ne sont d'aucune utilité dans le prurigo, sauf des cas tout à fait exceptionnels.

Quelques praticiens insistent beaucoup sur les préparations alcalines à l'intérieur; dans l'emploi il faut toujours consulter l'état du tube digestif.

4° Quant au traitement du prurigo symptomatique d'une autre affection de la peau, il est naturellement subordonné à celui de l'affection primitive, ou plutôt le traitement qui est dirigé contre celle-ci atteint en même temps le prurigo; cependant il est des cas où il faut avant tout combattre les démangeaisons, lorsqu'elles sont trop vives et qu'elles forcent le malade à se gratter avec trop de violence.

Avant de terminer, je dois faire une remarque importante. Dans la gale, après le traitement, surtout celui en deux heures, tel qu'il est institué à l'hôpital Saint-Louis, il reste souvent des démangeaisons très-vives et du prurigo, qui peuvent persister plusieurs semaines et quelquefois plusieurs mois. Les malades s'en inquiètent beaucoup, ils se figurent n'être pas guéris de la gale ou l'avoir gagnée de nouveau; ils reviennent à la consultation demander des bains sulfureux. Si on cède à leurs désirs, au lieu de faire disparaître ces phénomènes, on les augmente et on les aggrave au contraire par un traitement incendiaire. Dans ces cas, il faut simplement prescrire des bains simples ou émollients.

Moyens hygiéniques. La première médication hygiénique à remplir, c'est la suppression ou l'éloignement de toutes les mauvaises conditions dans lesquelles se trouve le sujet. Il faut surtout insister sur les soins de propreté, c'est la chose capitale; faire prendre des bains de propreté très-souvent, proscrire complétement les aliments excitants et épicés, la charcuterie, le poisson, etc., les liqueurs alcooliques, en un mot tout ce qui peut activer la circulation.

Il est un dernier ordre de moyens dont je n'ai pas encore parlé, parce qu'on ne peut y avoir recours que dans certains cas exceptionnels et à la fin de la maladie; ce sont les eaux minérales. Les eaux le plus souvent conseillées sont les eaux alcalines de Vichy, etc., sulfuro-alcalines de Luchon, de Saint-Gervais. Lorsque le prurigo s'accompagne de troubles du côté du tube digestif, on prescrit les eaux de Plombières; enfin, dans les cas de prurigo tenace, l'on conseillera les eaux sulfureuses, qui amèneront une modification de la peau par des poussées artificielles.

www.ingramcontent.com/pod-product-compliance
Ingram Content Group UK Ltd.
Pitfield, Milton Keynes, MK11 3LW, UK
UKHW020419220726
13923UKWH00005B/2042